FLIX

Tomi Ungerer

FLIX

Traducción de Carmen Diana Dearden

Ediciones Ekaré

Para George Nicholson

Traducción: Carmen Diana Dearden

Primera edición, 2013

Av. Luis Roche, Edif. Banco del Libro, Altamira Sur. Caracas 1060, Venezuela

C/ Sant Agustí 6, bajos. 08012 Barcelona, España

www.ekare.com

Publicado por primera vez en alemán por Diogenes Verlag
Título original: *Flix*

ISBN 978-84-939912-7-2 · Depósito Legal B.26066.2012

Impreso en China por South China Printing Co. Ltd.

El señor Teo Garra era un gato feliz.
Le iba muy bien, amaba a su esposa Flora y ambos gozaban de buena salud.
Estuvo más feliz aún cuando ella le anunció:
–Queridísimo, ¡estoy esperando!
–¿Un visitante?
–Sí, nuestro hijo.
El señor Garra, por supuesto, tenía la esperanza de que fuese un macho.

Cuando a la señora Flora Garra, muy hinchada,
le empezaron las contracciones, su amado
esposo la llevó al hospital.
Allí, esperó impacientemente.
Todo salió bien en la sala de partos.

Pero nadie estaba preparado para lo inesperado. El señor Garra no sabía qué hacer cuando le dijeron:

–Es un macho, pero…

Al descubrir que su hijo era un perro, quedó muy confundido.

Finalmente le dieron permiso para visitar a su esposa. La llenó de flores y besos.

Entonces miraron al bebé.

Tenía una cara plana y arrugada, el morro caído y los ojos saltones.

–¿Cómo puede ser? –dijo–. ¿Qué vamos a hacer?

La señora Flora se recuperó rápidamente. Salió del hospital
dos días después.
El señor Garra la recogió en su gatomóvil.
–¿Qué dirán los vecinos? –se preocupaba la señora Garra–. Pero lo hecho, hecho está. Se acostumbrarán a tener un perro entre ellos.

La noticia causó mucho revuelo.
En una entrevista, el señor Garra explicaba que hacía años, se decía que su abuela se había casado en secreto con un pug, y ahora, generaciones más tarde… ¡este era el resultado!
–¡Es un contratiempo genético! Uno muy feliz para nosotros –concluyó Teo Garra.

Una multitud curiosa se aglomeró el día del bautismo.
Al bebé pug lo llamaron Flix.
Los Garra escogieron al doctor Melchor Albóndiga, un amigo sabueso de Ciudad Perro, como padrino.

Flix creció inteligente, amable y contento.
Sus padres le enseñaron a hablar gato, que pronunciaba con acento de perro.
Su mamá le limaba las uñas y le enseñó a subir a los árboles.
Flix disfrutaba de sus comidas –ya fueran ratones fritos, canarios en vinagre o perros calientes– y ronroneaba cuando mamá Flora lo arañaba suavemente para dormirlo.

Pasaba mucho tiempo con su padrino, el doctor Melchor, quien le enseñó a hablar perro, ¡que pronunciaba con un ligero acento de gato! (En esos tiempos los perros hablaban perro y los gatos, gato. Podían entender el idioma de cada cual, pero no lo hablaban).

Los fines de semana todos se juntaban y almorzaban a la orilla del río. El doctor Melchor enseñaba a Flix a nadar.

Y así Flix creció, inventando sus propios juegos,
porque no tenía amigos con quien jugar.

AV. LASSIE
SAM O'
helado
HOTDOGS

Llegó el momento de que Flix fuese a la escuela.

Así que el señor y la señora Garra decidieron que fuera a la escuela de perros y se quedara durante la semana en casa del doctor Melchor.
Después de que Flix se mudara a la casa de su padrino, el doctor Melchor lo llevó a visitar lugares de interés de Ciudad Perro.
Primero pasearon por la Avenida Lassie, que desembocaba en la Plaza Laika.
–¿Ves ese monumento? –le dijo el doctor Melchor–. Lo construyeron en memoria de Laika, el primer perro que viajó al espacio.

Luego visitaron otros lugares, como el barrio oriental, lleno de pequineses, chows, afganos y shar peis, alumbrado de noche con lamparitas de papel.
–Es igual a Ciudad Gato –dijo Flix–. Nosotros tenemos a los siameses, burmeses, y tonquineses, ¡y usan las mismas lamparitas y la misma ropa!

我是美
?

Flix fue a la secundaria Pluto.
Era uno de los perros más pequeños de la clase y uno de los mejores alumnos.
Muy pronto se hizo popular por su ingenio y buena disposición.
Aprendió a tocar el violín, que suele ser un instrumento de gatos, y se unió
a la filarmónica local.

Flix iba a casa de sus padres los fines de semana.
Un domingo en la mañana, mientras paseaban por el río
(del lado de los gatos) escucharon gritos pidiendo auxilio.
Flix corrió a ver la conmoción.
Un gato había pescado un gran pez, la cuerda de pescar se le había enredado
en el cuerpo, lo había tirado al río y ahora… ¡se estaba ahogando!
Los gatos no saben nadar; los perros, sí, y Flix también.

Se tiró al agua y rescató al gato que se estaba hundiendo. Lo llevó a la orilla con el pez.
Esa noche cenó merluza con sus padres.

Desde ese día Flix fue aceptado y respetado en la comunidad gatuna.

Desde ese día Flix fue aceptado y respetado en la comunidad gatuna.
Se sentía muy bien.

Terminó la secundaria con honores y entró
en la universidad.
Un día, estaba corriendo por el campus para
despejarse la mente haciendo ejercicio, cuando
escuchó gritos pidiendo auxilio.
Un incendio había comenzado en el dormitorio
de las chicas.
El quinto piso estaba lleno de humo y desde la
ventana una estudiante de segundo año pedía
AYUDA.

Al lado del edificio crecía un árbol de cerezo silvestre.
Flix se subió por el árbol (como un gato) hasta la rama más cercana a la ventana.
–¡Salta! Yo te agarro. ¡Ahora mismo! –le gritó.
Ella no tuvo más remedio.
Saltó… y…

Flix la agarró justo a tiempo.
El salvador bajó a la víctima chamuscada, pero ilesa.
Ella recobró el sentido y se presentaron el uno al otro.
Se llamaba Mirzah de la Fourrière y era una estudiante francesa de intercambio.

Mirzah y Flix se encontraron varias veces.
Se volvieron inseparables porque…
estaban enamorados, MUY ENAMORADOS.
Paseaban bajo la luz de la luna, cenaban iluminados con velas.
Estaban encantados el uno con el otro.

Cuando Flix le presentó su prometida a sus padres, ellos acogieron a su futura nuera de inmediato.
Emocionados, decidieron celebrar el compromiso en El Dorado, un restaurante elegante en Ciudad Gato (esa noche el dueño del restaurante hizo una excepción y permitió la entrada del perro con tamaño de gato).

Después de su graduación, Flix y Mirzah se casaron.
La boda fue enorme y atrajo a mucha gente de ambos lados del río.
La marcha nupcial la cantó un coro mixto de perros y gatos que se juntaba por primera vez.
Todos lloraban a ambos lados del pasillo.

Al volver de su luna de miel, Flix y Mirzah se instalaron en una casa. Flix comenzó a trabajar en el negocio de su padre de trampas para ratones y ratas, y lo expandió vendiendo trampas en Ciudad Perro, recogiendo las presas empacadas y vendiéndolas en Ciudad Gato.

Flix se metió en política.
Sus hazañas y personalidad lo habían hecho muy popular a ambos lados del río.
Creó un nuevo partido, el GPU: Gatos y Perros Unidos.
Hizo campaña para una administración conjunta de las dos ciudades, educación mixta, idiomas compartidos, respeto mutuo e igualdad de derechos.

El día en que lo eligieron el primer alcalde de ambos pueblos, su esposa Mirzah anunció que iba a tener un bebé.

Cuando a Mirzah, llena de nueva vida, le empezaron las contracciones,
el Alcalde Flix la llevó al hospital.
Allí se quedó a su lado sosteniéndole la pata durante los agotadores
tormentos del parto.
Se sintió feliz cuando le anunciaron "Es una hembra", y lleno de júbilo
cuando le dijeron "¡Es una GATITA!".